정다운 시집

윙크하는 **사과꽃**

국립중앙도서관 출판시도서목록(CIP)

윙크하는 사과꽃 : 정다운 시집 / 지은이: 정다운. ― 서울 : 한누리미디
어, 2010
　p. ;　cm

ISBN　978-89-7969-372-0 03810 : ₩8000

한국 현대시[韓國 現代詩]

811.7-KDC5
895.715-DDC21　　　　　　　　　　　　　CIP2010003478

윙크하는
사과꽃

정다운 시집

한누리미디어

아득한 그 유년의……
가방을 멘 단발머리 소녀는
울퉁불퉁 황톳길을 달려 갑니다
바쁜 걸음은 소풀을 베러 가야 하는 조급한 마음에
숨이 머리 끝까지 차 오릅니다
발길 멈추고 소녀는
푸른 가을 하늘을 올려다 봅니다
살랑살랑 실구름이 주름치마 입고서
달리기 시합을 하는 걸
넋을 잃고 바라보다
소녀도 덩달아 깡충깡충 달려 갑니다
하늘 높이 저 하늘 높이 날아 오르고 싶어
상상력을 불어 넣어준 구름을 올려다 봅니다
오늘도
항상 명치끝에 남아 있는 씨알 하나
싹을 틔우지 못하고
끙끙 앓고만 있던 알갱이들
풀꽃 위에 이슬방울로
지금도 그러하듯 오직 점 하나 찍기 위해

미친 듯 미쳐서 달려온
마음의 그림밭 위에
아직은 설익은 모과 같은
어딘지 수줍은 제비꽃 같은
그래서 소중한 영혼의 노래를
씨줄로 엮어 내 유년의 밭두렁에
촘촘히 심어 보려 합니다
그동안 저의 호흡을 가다듬어 주신 이건선 선생님
항상 함께 웃고 울던 여울동인 여러분에게도
깊은 감사를 드리면서
첫 시집을 엮습니다

2010년 9월 10일

흐르는 시간 앞에서

차례

시인 메모 … 8
작품해설/ 자연 정서와 시간의 화해 · 김송배 … 133

1부_봄의 노래

18 … 곤반불이 밭두렁 바람소리
20 … 꽃잔치
21 … 민들레
22 … 산수유 마을
23 … 들꽃이 내게로 왔다
24 … 벚꽃이 지다
25 … 나비의 퍼포먼스
26 … 채우고 비우고
27 … 사과꽃이 핀다
28 … 윙크하는 사과꽃
29 … 지금도 봄비가 내리나요
30 … 달빛 출렁이는 밤
31 … 봄의 무게
32 … 은방울꽃
33 … 조팝나무꽃
34 … 벚꽃

Contents

2부_ 여름의 노래

36 ··· 채송화꽃
37 ··· 감자꽃 피던 날
38 ··· 능소화
39 ··· 밤꽃이 떨어진다
40 ··· 밤꽃 냄새가 싫다고
42 ··· 꽃창포
43 ··· 보리에 관한 슬픈 보고서
44 ··· 어질어질 아찔아찔
46 ··· 바닷길 열리던 날
48 ··· 탱자나무 속에는
50 ··· 날갯짓 바람
51 ··· 이천 폭포
52 ··· 상수리나무 아래 앉으면
53 ··· 잡힐 끄넹이도 없다
54 ··· 太陽의 노래
55 ··· 녹차를 마시며
56 ··· 석촌 호수의 노을

차례

3부_ 가을 노래

58 … 나뭇잎에 쓰는 편지
59 … 낙엽으로 오는 벽돌색 자동차
60 … 뽀끌래 깎을래 미장원에 가던 날
61 … 계절의 횡단보도를 건너며
62 … 달무리꽃
63 … 가을날의 빈 자리
64 … 가을 나무 꽃불 되어
65 … 발길 뚝 그쳤어요
66 … 꽃으로 걸어 오시어

Contents

4부_ 겨울 노래

68 … 겨울비가 내리면 동백꽃이 그립다
69 … 굴렁쇠 위로 멈춰선 시간
70 … 섬으로 부는 바람
71 … 바람 속의 둥지 하나
72 … 화이트 크리스마스
73 … 젖은 노트
74 … 바람의 붓
75 … 겨울 江
76 … 겨울 숲

차례

5부_ 인연

78 ··· 여진이가 불러낸 연꽃 바람
79 ··· 남한산성 돌탑
80 ··· 몽블랑 만년필과 시인
81 ··· 연꽃축제
82 ··· 원만사
83 ··· 큰 달 수연이는
84 ··· 애완견 모시기
85 ··· 불량 진드기
86 ··· 애기똥풀

Contents

6부_바쁜 일상들

88 ⋯ 모란장
90 ⋯ 하루살기와 하루살이
91 ⋯ 시퍼런 거짓말
92 ⋯ 땀 흘리러 가는 길
94 ⋯ 선글라스 우먼
95 ⋯ 어느 순간에
96 ⋯ 이런 날
97 ⋯ 튀어야 산다
98 ⋯ 핑계
99 ⋯ 침대 모서리를 닦는 손끝이 시리다
100 ⋯ 25시 참숯가마
101 ⋯ 세 여자
102 ⋯ 자르면 쌤통
104 ⋯ 케익 꽈배기는 누굴 주나
106 ⋯ 커피도 안주가 된다
108 ⋯ 핸드폰을 열면
109 ⋯ 잠을 깨우는 것들
110 ⋯ 돋보기 쓴 오리궁뎅이

차례

7부_그리운 노래

112 … 흔들흔들 딸꾹딸꾹
113 … 원나잇 바람
114 … 이정표
116 … 그림자 지다
117 … 휴대폰으로 내리는 비
118 … 반갑다 단발머리
120 … 설레이는 팔랑개비
121 … 서울의 거리가 비틀거린다
122 … 고시원
123 … 술비가 내린다
124 … 풍금이 있는 자리
125 … 불꽃 축제
126 … 물 그림자
127 … 동백섬 지심도
128 … 골목길
129 … 피싱 하우스
130 … 코드가 맞아서
131 … 도시의 섬
132 … 빗소리 길 위로 괴는 날

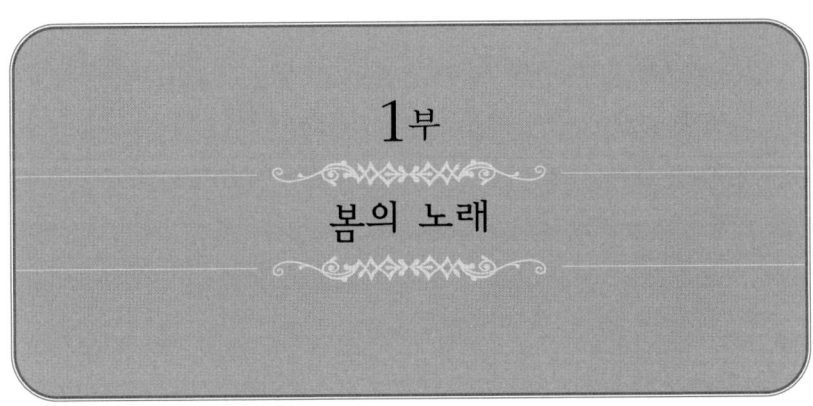

1부

봄의 노래

곤반불이 밭두렁 바람소리

바람이 불어대자
청개구리 폴짝 폴짝
곤반불이 뭉게 뭉게 우릴 반긴다
쑥 냉이 앵돌아선 찔레밭
십남매를 바라보듯
몽강리 1구 영산강이 보인다

얼마만에 찾아온 고향이던가
바람이 불 때마다
댓잎소리 사그락 사그락
막내 동생에게
대나무 밭 댓잎소리 들어 보자
막내 동생은 웃기만 한다

여기까지 왔으니
이참에 어무이한테 장가가게 해달라 빌그라
염치가 없는지 또 웃는다
우리 어무이 이제는 원 없겠네
따뜻한 융단 깔고 누워 있으니
영산강 댓잎소리 원 없이 듣겠네

속 여물은 솔방울 같은
외손주 재잘대는 소리에
생시인양 바라보며
덩실 덩실 버선발로 나오시네
곤반불이 나물뜯던 밭두렁
어무이 영산강은 알고 있겄제

*고향 선산에 조상님들 묘를 새로 이장하고 우리 십남매 손주 며느리 모
두 모여 시제 모시고 고향 냄새에 흠뻑 취하던 날. 2009년 3월 28일 토
요일

꽃잔치

오리 바베큐 집 너른 마당
시계풀 위로 단풍나무꽃
노란 꽃이 피었다

자운영꽃보다
더 흔들리는 꽃소리
길게 늘어선 원추리
철쭉꽃 미소로 번진다

복숭아꽃 수줍은 별빛으로
보리수꽃 빨간 의자 뒤에
한창 바쁜 이야기 나풀나풀
라일락꽃 입술 훔치는 나비

해당화는
입을 다문 채
여우비를 기다린다
그 비 내리면
치마폭 살짝 속살로
수줍은 햇살에 우르르 번지겠다

*시계풀 : 클로버

민들레

봄날 햇볕이 좋아
민들레꽃 약이 된다고 하여
이파리는 쌈 싸먹고
뿌리와 꽃대궁은
살짝 데쳤다

민들레 커피 만들겠다고
데친 꽃대궁
바람드는 베란다에 펴 말렸다
꼭 다물었던 꽃대궁에
하얀 꽃 피었다

날아가지도 못하고
펑 터질 듯 부풀은 얼굴
창문을 활짝 열어주자
훨훨 하늘로 날아간다

도란도란 노란 꽃
어느 땅으로 떨어져
꽃진 자리로 앉을까

산수유 마을

햇살 베어 물은 꽃
노오란 수채화 밭이다

산길도 구불구불 구불어진
달팽이 길

여린 붓 하나 세워
스치는 바람 하나에

詩人과 화가
산수유 마을에 날아와 앉았다

*2010년 4월 6일 한식날 이천 산수유 마을로 임향 선생님, 이건선 선생님
모시고 이순정 시인과 봄 나들이 길에서 이천 도자기공예 명장(항산 :
임향택) 항산도예연구소를 방문, 따뜻한 차 한 잔을 마시고 산수유 마
을로 발길을 옮겨 꽃다지 길을 걸었다

들꽃이 내게로 왔다

꽃이 핀다
오리역
옹기종기 냉이
풀섶 민들레

사람은 사람대로
꽃은 꽃대로
황홀하다

간지럼 타는 햇살
활짝 배어들은 꽃물
향기에 취해
멈춰버린 발길

화들짝

아름다운 아침
들꽃이 온다

벚꽃이 지다

가지 가지 하늘
바람으로
눈물인가
인사인가

이슬방울 허공 속
수채화로 여울져
비 되어 내린다

아파하지 마라
여름
가을
겨울

바람 속 생명
새날
꿈으로
다시 오리라

나비의 퍼포먼스

산벚꽃 진달래
아이 웃음으로 톡 터지는 이팝나무
숨겨진 들판의 민들레
비탈 언덕 제비꽃

찬 바람에 시달리던 풀꽃
봄 햇살에 노랗게 웃는다

뽀르르 향기 날리는
뭉게 뭉게 꽃 잔치
나비의 퍼포먼스

목마른 나그네 우물을 찾듯
꽃 우물을 찾는다

채우고 비우고

살아 살아 보겠다고
사나운 바위 틈
고개를 쏘옥 내민 쑥
그 여자
먹고 살겠다고
쑥을 쏙 캔다

봄비 내리고
햇살 받으면
또 다시
고개를 쏘옥 내밀
봄 냄새

아지랑이 지천인 들판에
향기 가득한 밥상을 준비한다

봄은
향기마저 비우고
그 여잔
향기를 채우고

사과꽃이 핀다

산허리 베고 누운 자갈 밭에
희붉은 얼굴
하얀 웃음으로
봄을 터트리고

고목나무 쪼아대는
날선 딱다구리
재건축에
한참을 바쁘다

자갈 산밭에
들꽃송이
꿈처럼
피고 또 피어나고

꿈이 자란 파란 하늘
바람을 몰고
잎새 팔랑이며
사과꽃을 피운다

윙크하는 사과꽃

바쁘게 뛰어가는 아침 출근길
발길을 멈추게 하는 연분홍 꽃물결
이슬 방울 방울 달고
아침 햇살에 눈부시다

연지곤지 바른 입술
봄 바람이 톡 건드리자
윙크하는 사과꽃
하늘하늘 바람 춤을 춘다

초롱초롱 빛나는 아이의 눈망울 같은
여린 가지 끝에 매달린 봄의 정령
바삐 가야 하는데
달음질칠 수 없다

봄이 피어나는 시간 앞에서
벙어리가 되고
요정이 되어
손 안에는 향기로 가득하다

지금도 봄비가 내리나요

해찰하는 봄비
얼어붙은 창문을 흔들어댑니다
도둑 고양이 한 마리
살금살금 어둠 속으로
번개치듯 날쌔게 날아 오릅니다

주
루
룩
담을 타고 내리는 빗방울

방울방울
밤새 부끄럼을 탑니다
오락가락 해찰하는 봄비
떨잠처럼 부르르 떨립니다

*떨잠 : 머리에 꽂는 장식, 나비나 꽃 등등
*해찰 : 딴짓, 머뭇머뭇, 딴청부리는

달빛 출렁이는 밤

흔들리지 않는 출렁이는 밤
철쭉 꽃들은 눈을 뜨고
제비꽃
맥없이 누워
레테의 강을 건널 때
경기병으로 서 있는 송화는
상현달 커져가는 달빛 숲 속에서
천 개의 촛불로 활활
반짝반짝 쏟아져 내려온다
공원 앞 가로등
하늘 환하게 비추는데
송화는 달 위에 피고
달은 송화 밭 뒤로 숨는다

*레테의 강 : 망각의 강

봄의 무게

— 쥐똥나무에 부쳐

울타리가 된 빈 가지들
이른 봄 새의 노래로
새 눈을 뜬다

날개를 파닥이며
바람 그네를 타는
여린 꽃송이들
봄비 속에
여기 저기 소란스럽다

라일락
아카시아
장미 향기보다 더 찐하게
쥐똥나무는
봄날의 길가에서
애린 리본을 매고 서 있다

바람의 무게가
스르르 풀리면

*애린 : 이웃을 사랑함, 아낌

은방울꽃

지중해 건너 그리스
숲의 정령 레오날도의 핏방울

쪼로록
천국의 계단으로
피는 하얀 꽃

바람 지나가면
신음하는
핏줄기
방울방울 쏟아질 듯

종달새 노래에
또로롱 굴러갈 듯
슬픈 전설 종소리에 묻고

승리의 전령 나비
날개를 쉬며
방울 속에 누워 꿈을 꾼다

*은방울꽃의 다른 이름으로 '5월의 종' 또는 '천국의 계단'이라 한다.

조팝나무꽃

하얀 웃음 뿌려놓은 4월
산자락 너머에
다닥 다닥 다다닥
팝콘이 튄다

훅 불면 날아갈까
줄지어 뭉게뭉게
봄 이야기로
소곤소곤

이 산 저 산
햇살 가득 담아
향기 풀풀
꽃길 만들고

길 저편 아른거리는
봄 사알짝 데려와
아지랑이로
다
다
닥

벚꽃

느린 잎새
기미 없는데

들길 위로
향기가 날린다

그림자
가지 흔들며
꿈을 실어
벙글벙글 피어 오른 꽃

나비들도 날아와
입 맞추며
친구를 부른다

발길
꽃길 따라
꽃이 되어 따라간다

저만큼 꽃비가 내린다

2부

여름 노래

채송화꽃

하늘거리는 바람의 노래
잎새를 흔들고
불꽃을 흔들어 아침을 열었다

저 찬란한 아침
여왕의 브로치는
빛나는 보석이 되어
터질 듯 쏟아질 듯
물풍선으로 피어 있고

혹 불면 사라질까
툭 건드리면 날아갈까
잎새 켜켜이 꽃잎을 보듬어
돌 틈에 이슬을 말린다

뽀사시 뽀사시
흩어지는 작은 그리움
바람의 노래 되어
꽃으로 피어나는 물안개의 꿈

*꽃의 전설 : 보석을 너무나도 사
랑한 여왕의 슬픈 전설이 숨어
있는 꽃. 보석을 받아드는 순간
보석상자가 모두 터져 버려 보
석이 사방에 흩어진 그 자리에
자그마한 채송화꽃이 피어났다
는 지나친 욕심의 물거품. 슬픈
전설의 꽃

감자꽃 피던 날

바람은
잎새를 깨워
하얀 꽃으로 피어나고

황금알 주렁주렁
땅 속 깊숙이 파고 든다

씨알 작은 녀석들
앞 다투어 달음질

돌부리에 피하고
사금파리를 피하며
지도를 그린다

햇살
숨 가쁘게
여름 밭두렁에 눕는다

능소화

구름을 불러
더 발그레한 얼굴

송이송이 등불로
양반집 뒤뜰에
탯줄을 묻어

그리움
눈물 자국 결결이
햇살에 담아

소리 없이
아프게 웃는 꽃

밤꽃이 떨어진다

어젯밤 꿈 속에서 애벌레를 밟았다

나뭇잎 적시는
비 오는 산책로에
밤꽃이 떨어진다

빗소리와 뒤엉켜
몽환으로 갇힌 채
흐느적거리며 떨어지는 냄새

꿈틀대는 애벌레로
길게 누워 있다

오그라진 놈 뒤집혀진 놈
땅 바닥에 온통
꽃불을 켠다

발을 들어 보니
애벌레가 있다

밤꽃 냄새가 싫다고

온산이 멀미를 한다
순정씨가 싫어하는 밤꽃 냄새
굳이 바람이 냄새를 물어온다

선생님 저 냄새가 싫어요
왜
그래서 연애를 못하지
아이 몰라요 하여튼

밤꽃이 피며는
순이가 시집가고
순돌이가 장가 간다는디
어쩌자고
저 냄새가 싫다는겨

몰라요
아카시아 향기가 좋아요 지는
아카시아 향기는 남자가 좋아하는디
선머슴아 같은 우리 순정씨

그래도
허한 마음은 잡을 길 없는지
산으로 떠나고 싶어요
한 댓새
그래도 밤꽃 냄새가 싫다고

*2010년 6월 20일 예술의 전당에서 금난새 '동행' 음악회를 보고 짜투리
시간에 핫커피를 마시는데 앞산에서 불어오는 밤꽃 냄새에 멀미를, 아
니 경기를 하는 우리 이순정 시인의 투정

꽃창포

아침
눈 먼 개구리

눈 비비는 수련

살며시 걸어나온
우아한 자태

그만
넋을 잃었다

아침이 더 고요하다

보리에 관한 슬픈 보고서

보릿고개 언덕
꽃 그늘에 앉아 꺾어 먹던 찔레순
삐비
논두렁에 묻어 두면

나뭇잎 흔드는 참새들의 노래
휘파람 소리에
연서 되어 날아가고

백정골 보리밭
피리 되어 따라 날아간다

어느 봄날 기억이 소슬한 저녁 바람 속에 내려앉는 보릿고개
까칠한 터럭들만
공원 앞 화분 속 슬픈 춤으로
비틀거리는 파도를 만들어
누렇게 깡마른 바람이 되어
설익은 눈만 껌뻑껌뻑
나부낀다

광대가 된 슬픈 보릿고개

어질어질 아찔아찔

온종일 내리쬐는 햇빛
활활 타오르는 쓰레기통
벌컹 뚜껑을 열고
요란한 세상을 본다

걸쭉하게
잘 차려진 먹이
암모니아 가스
절름발이 춤을 추는 귀여운 구데기

마시고 칠하고 취하고
바둥바둥
살이 통통 오른 놈들
비틀베틀거리다 또르륵
돌아가지 못할 암벽을 탄다

뒤쳐져 삐쩍 마른 놈들
엉금엉금
뚜껑 틈새로
세상 구경을 한다

환한 세상이 좋아

비워서
운 좋은 놈
구데기여도 좋아
허물 벗을 준비를 한다

바닷길 열리던 날

— 대부도 기행

양력 7월 7일
길이 열린다
그 위로 사람이 넘치고
그림자는 땡볕 일광욕을 한다

끝을 알 수 없는 먼 바다와
뿌연 하늘 속에
서러운 이야기의 표지를 열 듯 가슴을 내놓은 갯벌

고개숙인
방랑의 삶들이
밀레가 이삭 줍듯
기억을 줍는다

바다로 가지고 간
서러운 생각은
진흙 속에 밀어 넣고
삐집고 나오는 놈만 줍는다

그렇게 대지의 끝에서 버리고 줍다

시간이 태양을 끌고 바다 위로 긴 그림자를 만들면
한숨마냥 물은 들어오고
바다는
버린 기억을 감추듯 은비늘 갑옷을 입는다

탱자나무 속에는

강화에 사시는 선생님 댁 탱자나무는
두 부부를 닮아
작으면서 크다

빨간 앵두 줄줄이 걸린
탱자나무
콩새들의 방공호다

솔개가 온다
엎드려
날갯짓 소리도 들리지 않는다

뭉게 구름 가시 끝에 걸리면
우르르 세상 구경을 간다
어린 콩새 몰고
자유를 누리러 간다

하루에 세 번 온다는
더 작은 새는
아직 보이지 않는다

보리 앵두가 푸르딩딩하다

빨갛게 물이 오르면
한 입 가득 물어 새끼의 입으로
가져갈 것이다
선생님 부부도
맛있는 앵두가 익어가길 기다리신다
곧 날아들
작은 새를 기억하며

날갯짓 바람

날다람쥐 날아가다
소스라치는 통에
솔바람 지나가고

상수리 나무 잎벌레
소리없이 떨어질 때
잎바람 지나가고

산새들 날갯짓 소리에
파르르 파르르
간지러운 바람 지나가고

이른 아침 꽃봉오리
살랑 살랑 살랑거리면
분꽃 향기 요정이 되어 날아 오른다

바람은 불어 오거나
혹은
지나가는 것

이천 폭포

전설의 고향에
전설이 흐른다

소리없이 내려온 운무
나그네 발목을 잡고
고요함에 더 요란한 폭포수
흰 카리스마로
처녀 귀신을 잉태하면

고요한 정적
마음을 정화하라 한다

장맛비 오락가락하는
스산한 여름날에

*이천 폭포 : 강원도 삼척시 이천리에 있는 전설의 고향 촬영지. 금방이
라도 처녀 귀신이 나올 것 같은 계곡

상수리나무 아래 앉으면

그늘을 드리우는 상수리나무
바람 살랑거릴 때마다
어깨 위로 떨어지는 어린 벌레들
땅바닥에서 꿈틀거린다

풀밭 개미들과 숨바꼭질
커피 냄새 가시지 않는
종이컵에 붙어 있는 한 방울 긁으며
지친 허기 달랜다

달아나며 꼬리 감추는
다람쥐를 보고
뱅글뱅글
그네타는 녀석들

기어다니거나
벌처럼 톡 쏘는 놈
병든 나무 이파리 떨어지듯
맥없이 떨어지는 놈

잡힐 끄뎅이도 없다

1차를 마시고 나면
저절로 대통령 되고
2차를 마시고 나면
지구를 뒤엎으니
3차는 가지 마라

술은 왕을 만들고
사랑은 거지를 만들더구나
어느 老詩人

여름날 더위에 홍건히 취해
머리가닥 몇가닥 안 남았다는
끄뎅이 잡힐 끄뎅이도 없다
철부지 소녀 같은 말을 한다

손을 잡던 수제비 구름 선생님
꽃걸음으로 걸어올 줄 알았던
그대가
할망구 걸음으로 걸어오다니
내 마음이 산후통보다 더 아프구료
어쩌다……

太陽의 노래

바람은 구름을
구름은 하늘을
하늘은 구름을 부른다

산천엔 칡꽃 싸리꽃
흐드러지게 피어
매미 소리로 걸어오는
여름날 여름을 말한다

배롱나무 분홍빛 가지끝
태양의 노래로 걸려 있는
또 하나의 여름
벼이삭 커가는
논두렁길이 꼬부라진다

지금 막
버스 한 대가 지나간다

*한맥문학 여름문학기행 충주 들녘을 지나면서 2009년 8월 8일 버스 안
에서

녹차를 마시며

거친 바람 흰 소복 머리에 이고
온 겨울 떨며 고른
이슬 한 방울

초록 물결 단발하고
겨울 신전(神展)을 지키던 여신의 손길 따라
또르르
또르르
아홉 번 재주를 넘다

순결한
모시적삼
명주실로 옷고름 매고
토방 찻잔에 몸을 풀어
마주한 얼굴

향기로 나와
입술을 적신다

석촌 호수의 노을

노을이 춤을 춘다
때 이른 여름
돌 틈 사이로 흩어져 내리는데

도란도란 작은 연인
물결 같은 사랑 띄워
노을빛 수를 놓는다

물길 넘어 들리는 수선스러움
그 소리마저 속삭임으로
메아리치고

가로등 하나둘
나뭇잎 적시는
은빛 물결 속
그리운 그림자

천천히 들리는 오래 된 노래에
청둥오리
백조인양
노을빛 춤사위 아름답다

3부

가을 노래

나뭇잎에 쓰는 편지

몰래 감춰 놓은 나뭇잎 하나
바람 부는 날
유리창에 걸어 두었습니다

가슴 깊숙이 파도가 밀려와도
찰싹이는 그리움
달빛 속에 걸어 두었습니다

시간은 바람보다 더 빠르게 지나가고
가슴 속에는
오래 된 향기 하나 남아 있을 뿐입니다

그래도
머언 기억은
나뭇잎 하나 떨어지면
가슴 속에 뜨거운 빗물이 괴지요

오늘도
나뭇잎에 편지를 씁니다
나뭇잎 하나가 하늘을 날아 오릅니다

낙엽으로 오는 벽돌색 자동차

길옆에 서서 벽돌색 차를 기다리다
신호등에 걸린 자동차를 본다
엉거주춤한 바퀴들
100미터 스프린터처럼 아스팔트를 움켜잡고
목청을 높이고 있다
기다리는 차는 보이지 않는다

강화로 탱자 따러 가자며 한 시간 전에 출발한 차
비어가는 나뭇가지 위에 걸린 구름을 보며 오는지
낙엽 같은 재즈를 듣느라 삼천포로 빠졌는지
핸들 위에 청개구리 장난감을 붙인 차는 보이지 않는다

애꿎은 전화기를 만지작 만지작
바람 한 자락 횡하니
머물러 끝자락을 간질일 때
끼이익
정류장 앞에 단풍처럼 날아와 멈춘 벽돌색 자동차
그 안에 빈 나무같이 수척한 그녀가 있다

뽀끌래 깎을래 미장원에 가던 날

미장원에 갔다
정리되지 않는 상념의 머릿결
큰 맘 먹고 싹둑 자르고 싶었다
단골집에 다다랐을 때
가는 날이 장날이라더니
복잡한 인생사의 중년들로 만원이었다
망설이다 돌아서서
집현전 헌책방에 들렀다
사람들의 과거가 기억에서 지워질 때도
손에 묻은 시집과 돌아앉은 연애 소설들은
다 못한 이야기가 남아
저들끼리 어깨를 보듬고 있는 것일까
상비약 통에서 두통약을 고르듯
몇권을 골라 단숨에 읽었다
다시 미장원 앞에 왔을 때
바람이 굵은 웨이브 파마 머릿결을 쓰다듬었다
이만하면 괜찮은 생의 스타일이라 다독거리며
생기 있는 발걸음으로 돌아서 왔다
참 괜찮은 가을 날이었다

계절의 횡단보도를 건너며

가끔은 낯선 길 위를 헤맵니다
낙엽이 가로등 빛의 무게를 못 이겨 떨어지던
그 어떤 날의 추억으로 거리를 헤매다
나처럼 또 다시 이 거리에서 아파하는 낙엽을 만납니다
자전거 한 대 느린 속도로 찬 바람을 거슬러 건너가고
똑똑똑 바쁜 힐 소리도 쓸쓸한 보도 위를 지나가는데
계절의 횡단보도 앞에 선
걸음걸이는 자꾸만 비틀거립니다
혼자 마신 십삼도의 소주 몇잔
맹물 같은 오늘을 취하게 하여
아무도 모르게 괜히 웃어 봅니다
두 볼 감싸고 올라탄 버스 안에선
그대 그대 없는 세상
난 누굴 위해 사나
흘러간 노래 한 소절에
누군가 간절히 그리워집니다
창밖으로 제 철을 잊은 유성 하나 떨어집니다

달무리꽃

살랑이는 가지 끝에 달린 달
꽃분홍 달무리를 그린다

점
점
점
더 커져 가자

모여드는 수제비 구름
윙크하는 달

월악을 품은 하늘에
원을 그리는 꽃

밤이 깊어 더 번지는
달무리
달무리
살빛 웃음으로 떨어진다

반딧불이 춤으로

가을날의 빈 자리

유리창 맑은 햇살 쏟아질 때
가을 바람 슬며시
자리 하나 비워 놓으면

시비가 엇갈린 여러 시간들
하얀 벽 위로 여운 남기고
빈 의자 홀로 외롭다

낡은 종이컵
구겨진 신문 몇장
책상 위에 홀로그램

한없이 맑은 얼굴
꿈으로 뿌려놓고
엷은 그림자 드리운 채

가을 바람
낙엽 위로
꽃비 하나 숨겨놓는다

가을 나무 꽃불 되어

햇살 나붓한 아침
가을 나무 총총이
바알갛게 타오른다

봄
여름
가을
또 봄을 달고
아이들 노래 소리에

의자 위로 잔디 위로
호수 끝 억새 밭으로

느린 듯 느리지 않게
詩語 하나 물어다 놓고

가을 나무 꽃불 되어
이별 노래를 부른다

발길 뚝 그쳤어요

붕 붕 붕
아침을 깨우는 전화 벨 소리
뚝
그쳤어요
어디 아파요
많이 바쁘나요
아님
애인이 생겼어요
뽕잎 칼국수 채근하는 소리
소리만 그대로 맴돌아요
어설픈 비닐봉지
멍들은 호박 고구마도
발길 뚝
시들은 채 비틀어졌네요

살랑
실비처럼
마른 낙엽 하나가
꽃 단장한 머릿결을 톡 건드렸어요
가슴이 콩당 콩당
우수수
땅으로 떨어지네요
어머
공줍는 아이가 겁도 없이 뺑 찼어요
저런
차인 낙엽이 씩씩거리네요

꽃으로 걸어 오시어

단풍잎 곱게 물들어 가는 가을날
선생님 댁을 찾았습니다
지혜도 교훈도
기쁨도 사랑도
꽃에서 얻으신다는 선생님
꽃밭 가득 꽃집에서 사시는
꽃 보며 자라서 꽃웃음
꽃으로 걸어오시는
꽃을 사랑하시는
능소화나무 위에 꽃잠을 자는
생뚱맞은 닭 한 마리도 보살피시는
그런
환한 웃음
천상
꽃으로 피었습니다
시인과 함께 꽃이 되었습니다

*이순정 시인과 임향 선생님 댁을 찾았습니다. 임향 선생님께 올리는 詩

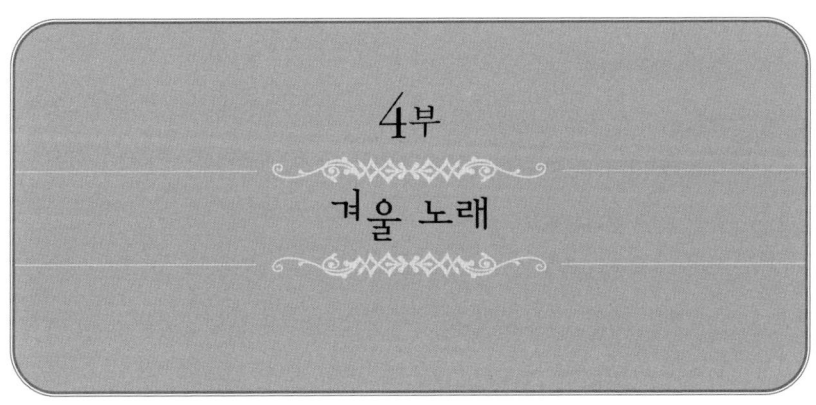

4부

겨울 노래

겨울비가 내리면 동백꽃이 그립다

빗소리 처마를 들이치던 날
담장 밑 얼음물에 쓸려가던 동백꽃
황금 꽃불 밝히고
연등이 되어 내려오면
비료 포대기 뒤집어 쓰고
지푸라기 실에 꿰어
기와집 딸 금숙이와 마당집 꼬마
겨울비 소슬히 내리면 빨간 꽃목걸이 되어
꿈으로 아른아른

담장 아래 나란히 앉아
짚목걸이 바라보며 까르르르 웃던 아이들과
시냇물 앞 초가집 집마당 귀퉁이
죽도록 붉던 동백나무

피고 있는지 지고 있는지

굴렁쇠 위로 멈춰선 시간

한 순간 바람으로
눈치 없이 꿀렁 꿀렁
외발로 굴러 간다

급한 나뭇가지
모래 바람에 매달리고
시린 발끝 저울질

오도 가도 못하는
무작정 서 있을 수도 없는
낯선 표지판 위의 꼭두각시

얼어붙은 江 위에 눈을 감은 채
얼음보다 더 차가운 얼음덩이로
시간 앞에 서 있다

섬으로 부는 바람

자맥질하는 파도 소리 따라
높새바람에 날려 온
비닐 몇 가닥

바람은
푸른 날들이 있으리라
불고 또 불어 온다

바다는 슬프디슬픈 듯
뒤로 걷는 법을 배우러
앞으로 앞으로 가는 길

깊은 바다에서 건져 올린
파도 소리에 이랑을 만든
섬마을 마늘밭

풀꽃 냄새에 꿈을 실은
보일 듯 보이지 않는
갯벌 속에 이는 바람

바람 속의 둥지 하나

창밖으로 켜켜이 내려앉는 눈
눈 쌓인 산이 좋다

눈 흘기며 떨어지는 하이얀 눈
깡마른 억새 위로 하늘하늘

발가벗은 나뭇가지
앙상한 가지 위에
위태 위태 새둥지 하나

바람과
바람과의 싸움으로

삐걱삐걱 비명이 오르고

눈발을 밟고 떠오르는 그리움
지워지는 발자욱 위로

순수는
꿈을 꾼다

화이트 크리스마스

눈이
꽃송이로 내린다
그토록 기다렸던
마음 속 기다림 하루종일 펑펑
인사동 뒷골목
시인과 화가 앞마당에
눈이 쌓인다
소복소복 쌓인다
촛불켜는 변영아 선생님 생신날
풍금 소리
눈송이에 매달려
골목골목
유성처럼 떨어진다
선생님이 주신 향기 그윽한 꽃다발
꼬옥 보듬고
뿌드득 뿌드득 홀로 눈길을 걷는다
하늘에서 내려오는
하얀 멜로디
풍금 소리처럼
바람 타고 흐른다

*2009년 12월 25일 오늘은
시인과 화가 주인장 변영아
선생님의 생일날, 홀로 계
실 선생님을 생각하며 인사
동 뒷골목을 찾았다. 대문
을 들어서자 촛불켜기가 막
끝나고 축배의 잔이 기다리
고 있었다. 오늘처럼 좋은
화이트 크리스마스 해피 버
스데이 투유, 흰눈이 내린
다, 풍금소리 울린다.

젖은 노트

후두득 후두득
잠자는 계곡을 깨운다

비단개구리 송사리떼 화들짝
돌돌 돌 틈 사이로 뽀로롱

안개비에 몸을 적시는
텅빈 계곡

봄을 기다리는
두릅나무 꽃눈에 그렁그렁

흐르는 빗물
유리창 젖은 노트 위에 악보를 그린다

바람의 붓

성사체육공원 개나리밭 담벼락
눈발이 더덕더덕 그림을 그린다

바위를 품은 북한산
호랑이를 품은 인왕산
영산강이 흐르는 대나무 밭

꽃송이 송이 겹쳐 눈꽃밭
눈 먼 바둑이도 뛰어 놀고
잠자리도 떠 있다

눈발
바람결에 휘날리며
바람의 붓으로
그림을 그린다

담벼락이 온통
하얀 동화책이다

겨울 江

미루나무는 오늘도
거울을 본다

갈대 너울지는 샛강
바람이 춤을 춘다

찬 소식
길 하나 만들고
배추밭 파아란 꿈
이랑에 묻는다

문득 찾아온
겨울은
빈 들녘에 소리 없다
겨울 江

겨울 숲

순수의 몸짓으로
노래하는
겨울 숲

고개 넘어 내려와
정겨운 이야기
채곡채곡

빈 가지 깨우는
바람의 숨소리
윙윙
숲을 껴 안으면

바람 끝에 매달려 있는
숲의 노래
생명의 소리
서걱서걱

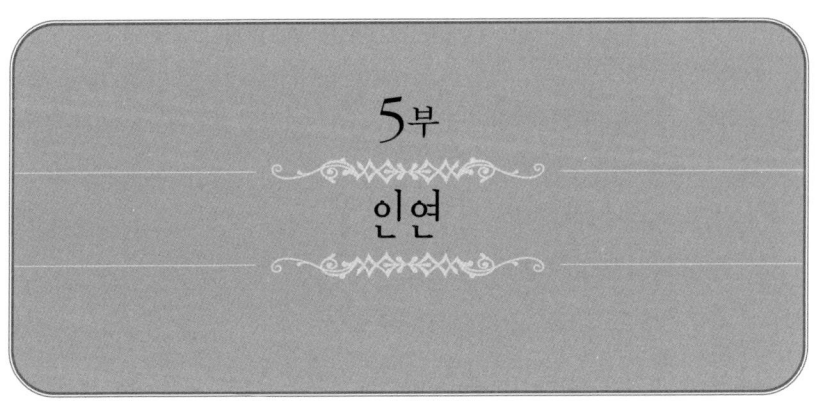

5부

인연

여진이가 불러낸 연꽃 바람

무심한 듯 세상 밖을 서성이다
어렵게 세상과 대면한 시인의 아이와
생명의 축복 한참 늦은 몸으로 만났던 시인이
연꽃 같은 시인들과 연밭을 간다

햇빛 누비는 연잎
손을 들어 노래를 하고
살짝 이슬
발 아래 연향을 뿌리는
시흥 관곡지 연밭

세상이 반가운 작은 손
어느새 초록 바람 한 웅큼 잡고

시인과 시인의 아이와
시인의 아이를 구경하는 시인이
함께 바람이 되어
연밭을 돈다

하늘을 닿을 듯 서 있는 여진 좀으로

*여진이 : 부천에 거주하
는 여류 시인의 갓난아
이 이름. 오랜 불임의
고통을 지나 사십이 넘
어 어렵게 태어난 아이.

남한산성 돌탑

켜켜이 쌓아놓은
작은 소망들
이름표를 달고 서 있다

희망 행복 건강 합격
납작 엎드린
자비

바람도 비켜가는
우주의 신비
자연의 섭리
돌 바람

어머니 가이아
돌탑을 지켜주는
꽃 바람

몽블랑 만년필과 시인

영혼의 氣를 받아
슬슬슬 스르르
아름다움이 흐른다

받는 기쁨
보는 탄성
氣로 쓰는 戀歌風의 시인

티끌 하나 트라우마를 찾아
촛불의 승화
만년필 촉이 지나간 자리
바람이 된다

詩를
잉크로 불 사르는
또 하나의 바람

연꽃축제

연꽃 밭을 돌다가
김 시인이 사온
막걸리 한 사발
강추 시인
신발을 벗고
달팽이 올리기에 바쁘다

모기 한 마리
술냄새 따라
병 뚜껑에 앉는다
안주는
김용예 시인이 사온
찰옥수수

목사님도 흥얼흥얼
여진이도 고개 삐쫌
우리 선생님은 사진 촬영중
이순정 시인은 향기에 취해
관곡지 연꽃밭
연잎이 환하게 웃는다

*시흥 관곡지로 여울동인 수업 끝나
고 여진이 데리고 나들이 나온 날

원만사

詩 꽃 향기로 꿈틀거리는 벽화
뜨락의 나무들이 고요하다
햇살에 반짝이는 詩의 날개
우주의 마당에 펄럭인다

열려 있는 門 안에
스스로 찾아드는 인연
꽃 향기 솔솔 따라
작은 꽃길 큰 길로들어온다

만인의 휴식처
사랑 물결 넘쳐나는
詩의 향기 머무는 뜨락
이슬 방울로 아침을 연다

이곳은
人花는 人花로
봄꽃은 봄꽃으로
향기 가득한
향기의 궁전이로다

*불기 2554년 부처님 오신 날 봉축 법
회에 참석하여 법공양으로 봉축시 낭
송을 하면서 임향 선생님의 노고와
찬사에 경의를 표하는 의미에서 원만
사의 詩 한 편을 선생님께 바칩니다.
서기 2010년 음력 4월 8일

큰 달 수연이는

실눈을 뜨고
녹두알 같은 입

한 번 울다가
두 번 웃는다

발가락을 꼬물꼬물
손가락을 오물오물

제비처럼 입을 벌려
우윳병 젖꼭지가 달싹거린다

*2009년 8월 11일에 태어난 박지훈 · 조미희의 첫 작품의 꼼지락거리는
모습

애완견 모시기

천연 재료로 만든
신개념 건강식
발효 콩 애견밥 시저

개껌 개갈비 통조림 기저귀
개 과자 비스킷 피부 피모 전문 영양제
미장원에 갖다준 이만원

둘리가 정신없이
낼름낼름 받아먹는
치즈 간식 헬로우

목욕비 만원
사상충 사만 오천원
옷 한 벌 삼만원
시장통에서 파는 사람 옷은 오천원
광목처럼 뻣뻣한 지폐가 날아간다

불량 진드기

휴일이 휴일은 아니다
쉬는 건 쉬는 게 아니다

꼼짝 달싹 못하게 하는
불량 진드기

기어 오르는 걸
떼어 낸다

달라 붙는 걸
털어 낸다

벽에 붙은 걸
살며시 내려 놓는다

*하루종일 어린이 방에서 놀던 아이, 휴일날 엄마랑 함께 있으면 착 달라
붙어 꼼짝달싹을 못하게 하는 유아와 엄마의 하루. 우리 사무실 여사원
이서윤씨와 귀염둥이 아들 정원이와의 껌딱지 떼어내기의 한판 승부.

애기똥풀

들판에 들꽃
밤새
노란 찬비를 맞았나 보다
온통
노랗게 물이 들었다 그냥

애기똥풀도 노랗게
재채기한다

얼음과자 먹은 개구쟁이처럼
이불을 걷어차는 아이처럼
줄
줄
줄
들판에 꽃물이 든다

들꽃 하늘 아래 노란 찬비는
애기꿈 들에도 내리나 보다

6부

바쁜 일상들

모란장

경기병의 당당한 행진곡으로 들려오는
품바의 엿가락에
뒷굽이 들썩
뻥튀기 생닭 잡듯 경기를 일으키며
막을 올린다

토깽이 누렁이 도둑 고양이
목울대 우렁찬 떼 까위 오리 닭 한 가족
만병통치 담방약
산 약초 나물 꽃 장갑 모자 몸빼 바지
신새벽 할아버지 길잡이 눈 전등
여기는 만물전

먼 바다 생물 죽은 듯 산 듯 갈라지고 구워지며
달달 볶은 돼지 껍데기에 돼지 거시기는 공짜
녹두 빈대 잔치 막국수 여기는 먹자 골목
노인과 아이가 하나로
시간 묻은 사발에 해 지는 줄 모른다

한쪽 바퀴 펑크 난 리어카에 들려오는
트롯 뽕짝 메들리는
서툰 춤꾼들의 즉석 공연장
언덕을 넘어 한숨에 달려온
모란 오일장

그 곳에 가면 사람이 있다

*까위 : 거위의 고향말

하루살기와 하루살이

고물 고물 비틀 비틀
빨판을 타고 소르르 윙윙
88열차를 탄다

하루를 버둥 버둥
악다구니를 써 보지만
내일은 내일

해찰을 부리다
바닥으로 떨어지면
사나운 빗자루

눈치 빠른 놈들은 에어컨 날개 뒤로 붙는다
그러다
맥없이 무너지는 하루

눈치 없는 하루살기 하루 종일
눈치 없는 하루살이를 쓸어댄다
내일도
모레도
어제처럼

시퍼런 거짓말

불편함에 한 번도 익숙해 보지 못한 사람이
무릇 文人은 가난해야 한다고
가난을 말한다

좋은 詩는 가난의 고통 속에 탄생한다고

정작
가난한 시인은 눈물이 난다

달랑달랑한 쌀독으로
하루 살아가는 배고픔
100원 모자란 버스비로 인해
열기 폭폭한 8월 아스팔트를 걷는 슬픔으로

머리부터 발끝 오직 명품이
빈말 던지는
가난한 시인이 행복하다는

말
말
말

시퍼런 거짓말

땀 흘리러 가는 길

아침 8시 30분
울긋불긋 개미 행렬
도로가 먼저 땀을 흘린다
끊어질 기세 없다

줄지어 새치기
차와 차
쾅
출근 시간 30분 지각
날이 선 얼굴이 지나간다

8시 40분
지하도가 멀미를 한다
물결이 파도 되어 점프를 한다
검정 샌들 하얀 구두 짝짝으로
발길질

8시 50분
지하철 하나가 지나간다
―시험중―

웅성웅성 물결 속에 발은 동동
지하철 연착 문자

9시
열차 도착
무지개 물결 갈대밭 된다

················

이번에 내리실 역은 당신의 종착역입니다
부러진 다리 길을 나선다

시작을 향해

선글라스 우먼

성형외과에 갔다 오면
60대 아줌마
언뜻 보기엔 젊어 보이고
찬찬히 들여다 보면
징그럽다
스카프는 목을 가려주고
주인공은 거울을 본다
의사 선생님
주름을 사정없이 당겼다
쫙 펴져
풍선처럼 부어 오른
이마 턱 눈가 주름
장난이 아닌 견적
1주일은 고양이 세수
낮에도
밤에도 선글라스 우먼
며칠 동안은
된밥은 먹지도 못한다
한 달이 지나면

어느 순간에

멀쩡한 한 사람
교통사고 환자로 입원되어 있다
영문도 모르는 그 사람

어느 순간에
누군가의
하얀 거짓말 속
주인공이 되었다

멀쩡한 또 한 사람
장례식장 영안실에 누워 있다
영문도 모르는 그 사람
그 사람이 웃는다

사람과 사람 또 그 사람
미래와 과거가
현재 앞에서 헛기침을 한다

이런 날

버스카드에 충전을 해야 하고
멸치도 조금 사야만 되는 날
작은 호주머니엔 천원짜리 두 장

옷걸이에 걸어둔 해묵은 손가방
무심코 먼지를 털어 준다
바스락 바스락
숨어 있는 3만 7천원
37만원보다 더 크게 보인다

억세게 운이 좋다고
혼자서 웃는다
멸치도 사고
붕어빵도 사고

하늘은 가없이 맑고
별안간 부자가 되었다

*월간 『한맥문학』 이 달의 시인. 2008년 5월호에 실린 작품

튀어야 산다

불타게 팔리는
쇼 윈도우 속
옷값이 순진하다
좋은 고기 옆집에
착한 고기

무한리필
유턴 금지
해물없이 라면질이야

경제 힘든 탓
한 짝은 무료로 닦아 드립니다
작은 글씨
나머지 한 짝은 이천 오백원

금융 백화점
소개 좀 시켜 주세요
소와 개의 인형 선물
뻥튀기 아저씨도

*以詠世正

핑계

요리 조리
스르르 스르르
미끌 미끌

미끄러워 잡을 수 없는
미꾸라지 귀여운 거절
거품마저 삼키는

말
말
말

마주치기 싫은
뼐 속의 말
뻔

침대 모서리를 닦는 손끝이 시리다

모서리에 부딪치고
넘어지며
시간의 앙금을
눈물이 반쯤 찬 혼을 섞어
말없이 닦는다

시간 속에 접어둔
희망이란 끈은
의뭉스런 몸짓으로 서 있고

움직임을 멈춘 나무는
대답할 수 없는 무엇을 묻지민

일지 않는 바람은
막연한 기다림으로

침대 모서리를 닦는 손끝이 시려온다

25시 참숯가마

빙둘러 앉은 사람 앞에
빙둘러 몸을 태우는 참나무

사람은 황금빛으로 타는 참나무 앞에
가슴 속 응어리를
아궁이 안으로 밀어 넣고
응어리는 흰 연기를 토해낸다

스물 네 시간도 부족해 스물 다섯 시간

사람은
그 앞에 앉아
성자가 된다

세 여자

명품 화장수를 파는 여자와
화장수를 사는 여자
화장수 뚜껑을 닦는 여자

세 여자가
함께 한다
똑같은 걸 보고 똑같은 말을 하고 똑같은 숨을 쉬며 산다

하지만
파는 여자는
견본만 축을 내며 눈요기를 하고
사는 여자는
손가방 피부에 탄력이 생기고
악어 지갑을 열기 위해 이쁘게 포장을 하는 여자는
간간이 새어 나오는 냄새에 취해
기미만 늘어간다

자르면 쌤통
― 고스톱 풍경

물 바람 다른 대지의 끝에서 억센 뱃길을 타고 와 섬에서 머물다
시절 수상하던 어느해 반도로 먼 길 돌아온 열두 우주가
부처 반푼어치도 못되는 손바닥 안에서 마술을 부리면
게슴츠레 뜬 두 눈에 불이 켜지고
뒤집어 폈다 던졌다 주웠다
내주고 철퍼덕 싹쓸이에
싸이렌도 아닌데 비상 해제하는 사이
써비스는 바닥에 쌓여
운 좋은 옆집에서 한 소쿠리 뭉티기로
울그락 불그락
연기만 피어 오른다

내어주면 자르고
자르면 쌤통
돌고 돌고 돌아
죽고 싶어도 못 죽는다

공짜 광값 짭짤한 맛에
옆집 눈치만 보다
몇 바퀴

남는 건 방석밑 꼬질꼬질 지전 하나
재털이에 피다 만 꽁초는 만삭
문틈 사이로
한숨 섞인 담배 연기

날아갈까 달아날까
연착중

케익 꽈배기는 누굴 주나

파리바게트 진열대 빵들을 본다
해바라기꽃으로 피어 있는 도넛
밤톨이 들어 있는 네모난 식빵
건강엔 up 포화지방 down이란다
미니치즈스틱 페스츄리는 너무 귀엽다
치즈가 뿌려진 낙엽 브래드
소시지 소프트 프랑스는
아이들이 좋아할 것같다
모카 소보르는
순정 시인이 좋아할 거 같다
굿모닝 롤은
아침에 지연이를 줄까
케익 꽈배기는
누굴 주나
치즈 파니니는
부천에 여진이를 주면 좋겠다
커피빈은
임은주 시인을 줄까
브라운 브레드는
목사님을 드렸음 좋겠다

후레쉬번은
박미량 시인을 주고 싶다
데니쉬 페스츄리는
강추 시인에게 보내야겠다
마늘 바게트빵은
강화에 보내고
찰떡 파이는
우리 선생님께 드리고
호밀빵은
조경례 시인에게 주고 싶다
사르르 녹는 생크림 케익은
예촌문학에 들고 가야겠다

커피도 안주가 된다

워즈워드를 노래하시는
한 시인이
피로연장 부페에서
커피와 소주를 마신다

왜 안주 없이 마시냐고 물었다

서양 사람들은
안주를 잘 먹지 않는다 하였다
우리나라도
새참으로 먹는 막걸리는
안주가 없어도
그저 김치 한 쪽이면 그만이란다

콜라를 좋아하시는
송리 최홍규 교수님
뭔가
성분이 다르면 안주가 된다고 하셨다

그래서

사람들이 늘 찾는
커피도 안주가 된다

　　　*일촌 최홍규 시인님 따님 결혼식 피로연에서 윤제철 시인님과 식사 후
　　뒤늦게 커피를 마시다. 송리 최홍규 교수님은 소주를 커피와 섞어 마셨
　　다.

핸드폰을 열면

할아버지 할머니 손 안에는
초롱초롱 손자 손녀 한 가득
저절로 웃는다

아저씨 아줌마 손 안에는
아주 요상한 문자들 베베베
꼬면서 웃는다

중고생 손 안에는
방가방가 깔깔깔
배꼽이 웃는다

초딩들의 손 안에는
열었다 닫았다
장난질

잠을 깨우는 것들

낮에 마신 커피가 너무 찐했나
눈은 감았지만 생생한 드라마
모기 한 마리
윙윙윙
엎치락 뒤치락
일어났다 앉았다
옆으로 눕다가
뒤집어 누웠다
귓전에 윙윙거리는 눈치 없는 모기
찰싹 볼기짝을 때렸다
검지 손가락에 묻은 날개
더듬더듬 집어든
카드대금 명세서에 숫자를 그린다
깜짝 동그래진 눈
빨간 숫자에 또 한 번 놀랜다
꿈 속이었으면

돋보기 쓴 오리궁뎅이

남자는 여자를 찾고
여자는 돈을 찾는다

마누라도
며느리도
딸년도
다
돈만 주면 좋아한다
애나 어른이나
다
여자를 보면 좋아한다

구름 낀 거리에 나와
두리번 두리번
뜬구름 행복
돋보기 쓴 오리궁뎅이

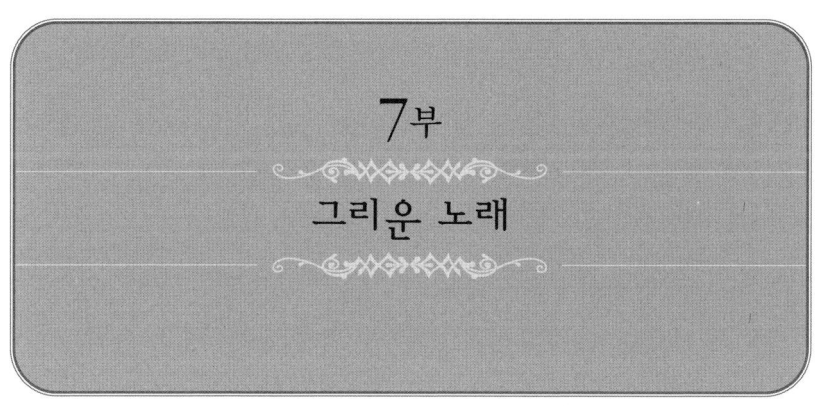

7부

그리운 노래

흔들흔들 딸꾹딸꾹

울컥 쏟아낸 레드 와인
지하도 계단 위에 와르르
흔들흔들
가죽 부츠 위에
범벅으로 튀기는 데칼코마니
다행이야 아무도 없어
창피하지만 무섭지 않아
복분자의 위력
바람이 보았을까
구름이 눈 흘겼을까
등 뒤에서
발자욱 소리가 들려 저런
들키고 말았어
가죽 모자를 쓰자
누군지 급히 뛰어가군
비가 내리나
은행나무 옷벗은 교회 앞을 지나
자전거가 서 있는 미장원을
몇걸음 뒷걸음질 숨어버리자
당겨
흔들흔들 딸꾹딸꾹

원나잇 바람

풋사랑을 시작하는 사람
어슬렁 어슬렁
뒤돌아서서 이별을 준비하고
색 다른 꿈을 꾼다

머리로만 사랑타령 외치는 자
따뜻한 가슴이 없어
성성한 무기로
뻔한 일회용을 찾는다

돌뿌리에 부딪쳐
오도 가도 못하는 오랏줄에 묶일지라도
본디 그들은
DNA 자체에 꿈틀거림의 카드가 있다

처절한 헌 고무신짝
음침한 아스팔트 위에
취한 듯 체한 듯
뒹굴고 있다

이정표

바보 같은
그 여자를
천사라고 부릅니다

노부모에게
자식에게
한 올 한 올 털어주다
청춘을 구정물 버리듯 써 버린
채송화 같은 여자

졸이던 속은 한 줌 재로 남아
가시밭길을 돌아
낯선 길 위에
주춤거리고 서 있는 여자

누구는
하루만 살아봐도 소원이 없겠다고
실없는 소리를 하더니만
술병에 집 한 채 날리고 떠났다 하던데
그래도 혼자서 집을 지키는

조선시대 여자

오늘도
속알들과 함께
가보지 않은 길을 따라
이정표를 바라봅니다

그림자 지다

들국화 두 번째 피던
뽀얀 햇빛 속에
국화차 말리던 가을날

귀뚜라미 우는 소리
달을 타고 넘어 온다

소리 없는
별의 노래

한 때 바다도 있었고
호수도 있었다

이제는 낙엽이
갈대로 내리는 텅빈 강

들국화 향은 달빛으로
숨는다

휴대폰으로 내리는 비

거리에 내리는 비
휴대폰으로 뚝뚝둑
소리 되어 내린다

빗소리 귀에 괴는 것은
외로움의 채비인데

손은
지금인 듯
손수건이 바쁘다

빗줄기
취한 가슴에
한 잔 더 권하며
문자가 되고 소리가 되어

휴대폰으로 뚝둑둑
설움으로 떨어진다

반갑다 단발머리

먼지 뿌연
책꽂이 속
색 바랜 앨범

소녀가 되고 싶어
문득 천정을 바라볼 때

흰 눈 쌓여 가는 운동장
눈 앞에 놓고

한 페이지 두 페이지
꿈을 넘길 적
애맬무지로 찾아오는 사랑은
메아리로
주름진 손등에
추억으로 내리고

단발머리 팔랑팔랑
그리움 담아
별 따라 꿈꾸는 밤

오래된 미래를 향해
다이얼을 누른다

*애맬무지 : 기억이 날 듯 말 듯 어렴풋이 떠오르는 생각

설레이는 팔랑개비

어느날 문득
새싹이 돋아나고
아지랑이 나른나른 피어날 때
꽃소식 알려 주는 바람

소나기 지나가면
바다보다
깊은 계곡이 더 시원하다고
전해 주는 바람

텅빈 산을 보면
쓸쓸하기보다
지는 낙엽이 아름답다고
이야기해 주는 바람

보석보다 더 반짝이고
진주보다 더 하이얀 눈이 내리면
그 눈길 같이 밟자며
달려오는 바람

평생을 기다려도 여전히 기다려지는
팔랑개비 바람

서울의 거리가 비틀거린다

금요일 밤
서울의 거리가 비틀거린다

리본을 맨 신발이
나란히 짝짝이다
취중에 생각해 보니
거시기 노래방에
친구를 두고 왔다

제일 보고픈 친구에게
텔레파시를 보낸다
친구는 졸음에 취했단다
니가 취한 것이냐
내가 취한 것이냐

모두의 얼굴이
홍조 띤 빠알간 달덩이
방금
대화행 마지막 열차가 출발했다

고시원

가진 것은 몸 하나뿐인 사람들이 모여 사는 작은 섬
색색의 이야기가 쉼 없이 드나드는 이른 새벽
바튼 기침 소리에 실려 나가는
젊은 시절의 회한마저 야위었다

이놈의 팔자가 무슨 팔자여
자슥 새끼 건사 못하고 이 모냥 이 꼴로
일그러진 천정 아래 누워
싸구려 담뱃불에 한숨이나 태우는 이 팔자 말여

하루살이 인생
일거리 찾아 하루를 보내는
옆방 젊은 애송이도
이제는 이 섬에 익숙한지
태평스레 코를 고는 날이 늘어났다
매캐한 어둠의 냄새가 떠도는
재생 불량의 섬

술비가 내린다

광화문 사거리 작은 골목
베를린 호프집
마른비도 내리지 않는 그런
건조한 밤

술비가 내린다
흰 연기 타고 내린다

이야기 이야기 속에
젖은 꽃비가 내린다

저런

용숙아
용숙아

풍금이 있는 자리

인사동 뒷골목
시인과 화가 카페 대문에 들어서면
풍금 같은 선생님이 걸어 나오신다
반가워 어쩔 줄 몰라서 껴안으신다
오랜 그리움을 잔에 가득 채워
첫잔 시원하게 들이키자 하신다
이 집에 안 오면
예술가가 아니래
장소팔 송해 선생님의 지나치는 말
그래 여기 왔으니
모두가 예술인이다
풍금이 취한 것인지 선생님이 취한 것인지
흥에 겨운 풍금 소리에
발 구르다 보면 어느새
아픔은 잠시
4월의 노래 연주가 시작되고
영화배우 같은 디자이너도
풍금 소리를 들으며
천국을 오간다

불꽃 축제

들과 하늘이
야생의 바람으로
푸른 새벽 창문을 흔들 때
불꽃 사르는 피돌기

방울 방울
뼛속으로 스미는 전율
날개를 타고
안개로 쌓인다

태초에
원시 자연이 인간에게 보내준
생명의 퍼포먼스

송올 송올 몸을 적시면
찰나의 불꽃
폭포가 되어
무지개로 타오른다

물 그림자

줄기를 따라 물이 우물에 고이듯
우물을 찾는 사람들
물 그림자를 좇는다

물길 따라 가는 사람들
물길 속에 머무는 것이 아니고
상처로 다가온 돌맹이
이름표를 달아준다

만지면 뜨겁고
만지면 차갑고
만지면 서러운

오다가 만난 사람
가다가 만난 사람
숨 뿌시는 소리만 하는 게 아니라
벼랑 끝에서도 날개를 펼쳐 준다

*숨 뿌시는 : 가식적 또는 거짓말의 다른 표현

동백섬 지심도

쪽빛 바다 위에 섬 하나 떠 있다

유람선 위로
파도는 길을 열어주고
동박새 노랫소리는
지즐지즐 뱃전에 마중 나온다

지심도
하늘 덮은 숲길
바다 위에 뜨락이다

잔설 속에서
꽃은 피어나고
역사의 혼은 멍울 되어
핏빛으로
핏빛으로

울음되어
떨어지고

떨어지고

골목길

그리운 사람
보도블럭을 일으켜 세운다
달빛이 환한
불빛이 꺼져가는 골목
나무 그림자 혼자 흔들기

사랑하고 헤어지고
상처 쓸고 떠나가는
보이지 않는 뒷모습
꼬부라진 추억을 자른다

그리움 맴도는
휘청대는 새벽 바람
비틀 비틀
빈 병으로 거닐다 섬이 된다

비 오는 날에
우울증으로쓰는 詩처럼
술 취한 아저씨 전봇대에 시를 그리는

피싱 하우스

꽃 울음으로 떨어지는
동백섬 지심도
허공 위에 걸어둔
섬만한 거미줄

비 오는 날
빗방울 하나 걸리지 않는
피싱 하우스의 오후

꽃피고 꽃지고
일곱 번 울어도
가시나 하나 못건지고
부엌떼기에 걸쳐 놓은
죽방 멸치들만
왔다 가는 손님들만큼한 가득

빗물에 섞어 마시는 커피보다
더 비리 쓰리한 소주
주인 아저씨 얼굴
멸치 똥만큼 새까맣다

*피싱 하우스 : 거제도 동백섬 '지
심도'에 있는 펜션넷 피싱 하우스

코드가 맞아서

참이슬 본가
처음처럼 마신다
칵테일 바 진열장에
참이슬 후레쉬
일품진로 매화수
생맥주 산사춘
대포 민들레 천국
빨간 딱지 원조 진로

끼리끼리 몰려드는 단골 손님들
매운 홍합 볶음에 한 가득 메워지고

코드가 맞아서
취하지 않는 처음
정신이 맑아진다
그래서 더 행복하다
끼리끼리 앉아서
처음처럼

*일산 라페스타 부근에 있는 참이슬 본가 풍경

도시의 섬

회색의 도시 위에 비가 내린다
어두운 숲이 되어
뚝뚝 떨어진다
바닷물결의 주름처럼
낯설은 가랑비
얄궂은 소나기로 쏟아져 내린다
쏟아져 어깨 위로 머리 위로 때린다
어둠은 숙인 채로 오열을 토하며
하늘빛 꽃비를 그려 보지만
가슴 깊숙이 차가워진 밤은
싸늘한 채 비상구만 찾는다
시침이 떼는 도시의 섬

빗소리 길 위로 괴는 날

한 사람이 온다

한 사람이 간다

늘 그 사람이 간다

추적추적
비가 내려도
한 사람이 간다

빗방울이 주룩주룩
한 사람을 달랜다

뒤돌아 올까 봐
자물통을 살짝 걸어 놓았다

자연 정서와 시간의 화해
— 정다운 시집《윙크하는 사과꽃》의 詩 세계

김송배
(시인, 한국문인협회 시분과 회장)

1. 사계절의 시간성 탐미

현대시의 위의(威儀)는 한 시인의 체험이 강하게 투영되는 그 상상력을 원류로 하여 시적 진실을 탐색하는 경향으로 현 현되는 현상을 접할 수 있다.

이는 그 시인의 정서(emotion)나 의식의 흐름(stream of consciousness)이 어떤 지향으로 인간의(혹은 자연의) 진실 을 갈망하고 시적 위의로 정립할 것인가 하는 시인들의 고뇌 가 관류(灌流)하고 있음을 이해하게 된다.

대체로 우리 현대시의 소재의 취택이나 주제의 창출은 그 시인 자신의 성찰이나 존재의 문제들을 심도 있게 구현하려 는 노력을 엿보게 하는데 여기 정다운 시인의 작품도 이러한 범주(範疇)를 초월하지 않고 일상성이나 자연의 섭리와 교 감하는 보편적인 사유(思惟)에서 그의 시적 행보를 살필 수가 있다.

정다운 시인은 우선 시간성에 대한 민감한 반응을 인식하게 되는데 이는 그가 현실적인 삶에서 직면하게 되는 계절적 감응(感應)의 형상화로 적시(摘示)되어 그의 진실을 탐구하려는 시적 인식의 한 단면으로 읽어야 한다.

그는 사계절을 통해서 그가 인식하는 시적 인식의 중심축에는 다양한 삶의 형상뿐만 아니라, 시간성이라는 현상이 그의 인생과 조화를 이루면서 그 과정에서 생성한 갈등과 고뇌의 현실적 당면문제들을 성찰이라는 자아의 인식으로 여과(濾過)해서 새로운 가치관을 창조하거나 시적인 진실을 탐색하는 특성을 엿볼 수 있다.

일찍이 문학평론가 조연현은 〈시간의 사상〉이라는 글에서 시간적 관념에는 두 개의 개념이 있다고 했다. 하나는 자연적 시간이며 다른 하나는 역사적 시간이라고 했다. 전자는 과거도 미래도 없는 허무의 흐름이고 후자는 과거와 미래를 가진 유한한 창조적 과정이라고 했다.

정다운 시인이 이처럼 계절적 시간성에 명민(明敏)하게 그의 사유를 대입하는 것은 우리 인간들이 자연의 시간에서 획득하는 유한의 창조를 갈망하는 시적 발원이 그의 내면세계에 침잠(沈潛)해 있어서 그의 진실은 더욱 값지게 빛나고 있다.

그는 작품 〈침대 모서리를 닦는 손끝이 시리다〉에서 "모서리에 부딪치고/ 넘어지며/ 시간의 앙금을/ 눈물이 반쯤 찬 혼을 섞어/ 말없이 닦는다"는 '시간의 앙금'이 절절하게 현시됨으로써 그가 탐색하려는 인생의 가치관과 지향하려는 진실의 구도를 읽을 수 있다.

2. 사계절의 언어, 그 진실

정다운 시인은 사계절에 관한 인식의 중심축에 그가 일상
성, 보편성에서 추출한 정서가 시간과 함께 동행하고 거기에
서 새로운 의식을 시의 진실로 창조하는 특성을 이해하게 한
다.

봄이 피어나는 시간 앞에서
벙어리가 되고
요정이 되어
손 안에는 향기로 가득하다

― 〈윙크하는 사과꽃〉 중에서

날개를 파닥이며
바람 그네를 타는
여린 꽃송이들
봄비 속에
여기 저기 소란스럽다

― 〈봄의 무게〉 중에서

환한 웃음
천상
꽃으로 피었습니다

시인과 함께 꽃이 되었습니다

— 〈꽃으로 걸어 오시어〉 중에서

정다운 시인은 우선 '봄'에 관한 계절적 언어에 심취하고 있다. 이처럼 '봄'이 간직한 이미지나 은유(metaphor)는 대체로 새 생명의 탄생이라는 새로운 자연의 섭리를 조망하게 되며 이 메시지 속에는 다양한 그의 사유가 심도(深度) 있게 포괄하고 있다.

그는 '봄'에서 탐색하는 '시간'의 의미는 더욱 깊게 침잠(沈潛)한다. '사과꽃'이나 '봄비' 등의 생동감을 통해서 대자연에서 절감(切感)하는 의식의 조화는 우리 인간과 시간의 불가분성이 잘 현현되고 있다.

그는 다시 "봄비 내리고/ 햇살 받으면/ 또 다시/ 고개를 쏘옥 내밀/ 봄 냄새"(〈채우고 비우고〉 중에서) 라거나 "목마른 나그네 우물을 찾듯/ 꽃 우물을 찾는다"(〈나비의 퍼포먼스〉 중에서), 또는 "봄을 기다리는/ 두릅나무 꽃눈에 그렁그렁// 흐르는 빗물/ 유리창 젖은 노트 위에 악보를 그린다"(〈젖은 노트〉 중에서)는 등의 어조(語調)로 '봄'의 언어를 감미(甘味)롭게 분사(噴射)하고 있다.

바람은
잎새를 깨워
하얀 꽃으로 피어나고

황금알 주렁주렁

땅 속 깊숙이 파고 든다

씨알 작은 녀석들
앞 다투어 달음질

돌부리에 피하고
사금파리를 피하며
지도를 그린다

햇살
숨 가쁘게
여름 밭두렁에 눕는다

— 〈감자꽃 피던 날〉 전문

　이 작품은 '여름'에 관한 이미지가 골고루 펼쳐져 있다. '감자꽃'이 암시하는 의미성보다는 자연 속에서 삶을 영위하는 자유인의 잔잔하면서 유유자적(悠悠自適)의 화해의 의미가 정다운 시인의 진실임을 이해할 수 있다.
　그는 다시 '여름'에 관한 자연 사물의 정서를 '밤꽃', '아카시아', '탱자나무', '앵두', '콩새', '솔개', '연꽃밭', '달무리꽃', '반딧불이', '능소화', '물안개', '백정골 보리밭', '꽃창포', '매미 소리', '배롱나무', '상수리나무', '장맛비' 등과 같이 많은 소재를 동원하여 그가 간직한 지적 자양(知的滋養)과 적절한 합일을 통해서 그의 시적 진실로 적시되고 있다.

이러한 자연 속에서 흔히 접할 수 있는 소재가 자연 정서의 교감을 우리들에게 메시지로 전해질 때 우리들은 그 자연에서 만끽하는 시인의 시간과 시인의 삶이 일치하는 진실이 창조되는 것을 발견하게 된다.

햇살 나붓한 아침
가을 나무 총총이
바알갛게 타오른다

봄
여름
가을
또 봄을 달고
아이들 노래 소리에

의자 위로 잔디 위로
호수 끝 억새 밭으로

느린 듯 느리지 않게
詩語 하나 물어다 놓고

가을 나무 꽃불 되어
이별 노래를 부른다

— 〈가을나무 꽃불 되어〉 전문

시비가 엇갈린 여러 시간들
하얀 벽 위로 여운 남기고
빈 의자 홀로 외롭다

— 〈가을날의 빈 자리〉 중에서

   여기에서는 '가을'이 작품의 주된 소재로 등장하고 있다.
이 '가을'이 내포하는 이미지는 다양하게 나타난다. 일반적
으로 오곡백과가 풍성하게 결실을 하게 되는 풍요의 의미 이
외에도 시간과 공간의 개념이 합치하면 우리들의 보편성을
초월하는 상상의 세계가 형성되기도 한다.
   어쩐지 '가을나무'는 '불꽃'이 되어 '이별의 노래'를 부
르고 있다. 이러한 정성의 환기는 정다운 시인의 체험에서
추출한 진실의 언어라고 할 수 있다. 그가 염원하는 '詩語'
의 순수성과 성숙의 계절적 의미가 서로 조화를 이룸으로써
'가을'은 성취의 계절이기도 하지만, 그는 '이별의 노래'로
형상화하는 특징을 현시하고 있다.
   다시 그는 '홀로 외롭다'는 '가을'의 이미지는 풍요나 성
숙, 성취 등의 보편성을 벗어나 '가을 바람'이나 '낙엽' 등
의 가시적인 사물을 통해서 '외롭다'는 자성(自省)의 내면세
계를 이해할 수 있다.

미루나무는 오늘도
거울을 본다

갈대 너울지는 샛강

바람이 춤을 춘다

찬 소식
길 하나 만들고
배추밭 파아란 꿈
이랑에 묻는다

문득 찾아온
겨울은
빈 들녘에 소리 없다
겨울 江

— 〈겨울 江〉 전문

순수의 몸짓으로
노래하는
겨울 숲

— 〈겨울 숲〉 중에서

얼어붙은 강 위에 눈을 감은 채
얼음보다 더 차가운 얼음덩이로
시간 앞에 서 있다

— 〈굴렁쇠 위로 멈춰선 시간〉 중에서

창밖으로 켜켜이 내려앉는 눈
눈 쌓인 산이 좋다

… (중략) …
눈발을 밟고 떠오르는 그리움
지워지는 발자욱 위로

순수는
꿈을 꾼다

— 〈바람 속의 둥지 하나〉 중에서

우리는 다시 겨울 이미지를 확인할 수 있다. '겨울 강'이나 '겨울 숲' 그리고 '얼음'과 '눈'이 시각적으로 전해 주는 이미지에는 시간이 인간과 대칭함으로써 '그리움'과 '순수'를 동시에 제공하는 계절적 의미를 강렬하게 현현하고 있다.

정다운 시인은 이렇게 봄, 여름, 가을, 겨울의 사계에 대한 시간성에 민감하게 그의 사유를 투영하고 있다. 봄이 생명의 탄생이며 여름이 무성하게 성장하는 시기이며 가을은 성숙기이며 겨울은 정리기라는 시간대별로 상징을 부여한다면 우리 인생의 탄생, 성장, 성숙 그리고 만년의 안온한 정서와 일치한다는 자연의 섭리를 읽을 수 있다.

3. 그리움과 사랑의 언어

정다운 시인에게서 다시 특징적으로 이해하게 되는 것은 그리움과 사랑의 언어에 심취하는 일이다. 이러한 정서의 발원이나 발상 자체가 시간(세월)과 연계(連繫)함으로써 인간의 칠정(七情-喜怒哀樂愛惡慾)과 밀접한 심리적 반응을 유발하는 우리 인간의 근원임을 이해할 수 있다.

사랑하고 헤어지고
상처 쓸고 떠나가는
보이지 않는 뒷모습
꼬부라진 추억을 자른다

그리움 맴도는
휘청대는 새벽 바람
비틀 비틀
빈 병으로 거닐다 섬이 된다

— 〈골목길〉 중에서

몰래 감춰 놓은 나뭇잎 하나
바람 부는 날
유리창에 걸어 두었습니다

가슴 깊숙이 파도가 밀려와도
찰싹이는 그리움
달빛 속에 걸어 두었습니다

시간은 바람보다 더 빠르게 지나가고
가슴 속에는
오래 된 향기 하나 남아 있을 뿐입니다

그래도
머언 기억은
나뭇잎 하나 떨어지면
가슴 속에 뜨거운 빗물이 괴지요

오늘도
나뭇잎에 편지를 씁니다
나뭇잎 하나가 하늘을 날아 오릅니다

— 〈나뭇잎에 쓰는 편지〉 전문

　정다운 시인의 시간 속에는 위 작품에서 절감(切感)할 수 있듯이 '사랑하고 헤어지'는 '상처'가 그의 현실적 고뇌로 현현되고 있다. 그는 이것을 단순하게 '추억'이라고 말하지만 여기에 내재된 진실은 '그리움'의 승화이다. 이것은 바로 '휘청대는 새벽 바람'이며 '비 오는 날에 우울증으로 쓰는 詩'이다.

　한편 그는 '그리움'을 '달빛 속에 걸어 두'거나 '오래 된 향기'로 '남아 있을 뿐'이다. 이러한 현실적 고뇌와 갈등은 '시간'과 용해(溶解)되어 융합(融合)하여 화해하거나 조화의 해법을 탐구하는 시법(詩法)을 모색하고 있다.

　이러한 자아의 인식 그 근저에는 그가 체험한 현실적인 삶의 방식이나 사유의 지향점이 상당한 괴리(乖離)가 있었음을 이해하게 되는데 "처절한 헌 고무신짝/ 음침한 아스팔트 위에/ 취한 듯 체한 듯/ 뒹굴고 있다"(〈원나잇 바람〉 중에서)거나 "오늘도/ 속알 둘과 함께/ 가보지 않은 길을 따라/ 이정표를 바라봅니다"(《이정표》중에서)는 등의 어조로 메시지를 분사하고 있다.

또한 그가 갈구하는 그리움의 해소 혹은 확인을 위해서 많은 대인관계를 설정하고 있다. 대체로 살펴보면 강화도 송운하 선생과 인사동 '시인과 화가'의 변영아 시인, 임향 시인이 작품 속에 자주 등장하고 '이순정 시인', '지연이', '여진이', '임은주 시인', '목사님', '박미량 시인', '강추 시인', '조경례 시인'(이상 작품 〈케익 꽈배기는 누굴 주나〉 중에서)과 같이 시적 화자가 다양한 모습으로 등장하여 그리움과 사랑의 언어를 교감하고 있다.

4. 일상 생활과 시의 조화

정다운 시인은 이처럼 시간과 그리움의 조화를 위해서 자연과 인간을 동시에 조감(鳥瞰)하면서 현실적 평범성을 배제하지 않는다. 프랑스의 가장 탁월한 시인인 보들레르(C.P. Baudelaire)도 시의 목적은 진리나 도덕을 노래하는 것이 아니고 시를 위한 표현이라고 했다. 또한 시는 기쁨이거나 슬픔이거나 간에 항상 그 자체 속에서 이상을 좇는 신과 같은 성격을 가지고 있다고 했다.

한편 영국의 비평가 리처즈(I.A. Ricads)는 우리의 일상생활의 정서생활과 시의 소재 사이엔 차이가 없다고 했다. 이러한 생활의 언어적 표현은 시의 기교를 사용하게 되는데 이것이 근본적인 차이라고 할 수 있다고 했다.

불편함에 한 번도 익숙해 보지 못한 사람이
무릇 文人은 가난해야 한다고
가난을 말한다

좋은 詩는 가난의 고통 속에 탄생한다고

정작
가난한 시인은 눈물이 난다

— 〈시퍼런 거짓말〉 중에서

영혼의 氣를 받아
슬슬슬 스르르
아름다움이 흐른다

받는 기쁨
보는 탄성
氣로 쓰는 戀歌風의 시인

티끌 하나 트라우마를 찾아
촛불의 승화
만년필 촉이 지나간 자리
바람이 된다

詩를
잉크로 불 사르는

또 하나의 바람

— 〈몽블랑 만년필과 시인〉 전문

정다운 시인이 시적 소재나 주제로 천착(穿鑿)하는 것들은 대체로 일상적인 주변의 스토리를 시와 접목하는 노력이 혁혁하다. 앞의 보들레르나 리처즈의 언지와 같이 일상생활의 정서가 바로 시로 형상화하는 중심에서 인간들이 구현해야 할 명제(命題)를 탐색하는 일이다.

우리의 고전적인 선비정신에 따라서 '문인은 가난해야' 하고 '좋은 시는 가난의 고통'과 일치시키는 전근대적인 사고(思考)를 개탄하는 정다운 시인의 지적 사유는 빤히 가식(假飾))이 내재된 허황된 언사를 '시퍼런 거짓말'이라고 일축하고 있다.

또한 '몽블랑 만년필'로 원고지에 또박또박 써내려가던 옛날의 집필 방식이 요즘의 인터넷 워드의 작성보다 낭만적이며 품위가 있다는 고전이 있으나 이는 "시를/ 잉크로 불사르는/ 또 하나의 바람"이라는 그의 결론은 아마도 '영혼의 기를 받'았기 때문이 아닌가 생각된다.

그의 진솔한 내면의식은 그가 살아가는 일생에서 찾고 있는데 "발길/ 꽃길 따라/ 꽃이 되어 따라간다// 저만큼 꽃비가 내린다"(〈벚꽃〉 중에서)는 어조로 시의 혼을 자아와 연결하여 시의 생동감을 투영하고 있다.

또한 "강화에 사시는 선생님 댁 탱자나무는/ 두 부부를 닮아/ 작으면서 크다"(〈탱자나무 속에는〉 중에서)거나 "바다로 가지고 간/ 서러운 생각은/ 진흙 속에 밀어 넣고/ 삐집고 나오는 놈만 줍는다"(〈바닷길 열리던 날〉 중에서), 혹은 "그리움/ 눈물 자국 결결이/ 햇살에 담아// 소리 없이/ 아프게 웃는 꽃"(〈능소화〉 중에서)이라는 일상적 사유의 파편(破片)들로 그의 작품은 구도를 형성하여 우리들에게 시적 정감은 물론이지만 작품 속에 투영된 메시지가 공감의 영역을 확대하고 있다.

다만, 로마의 대시인이었던 호라티우스(Horatius)의 《詩論》에서처럼 시는 아름답기만 해서는 모자란다고 했다. 사람의 마음과 영혼까지도 뒤흔들거나 이끌고 나가야 한다는 이론에 경청할 필요가 있으리라. 본래 시는 영혼의 음악이라고 하지 않았던가. 보다 더욱 위대하고 다감한 음악이 되도록 사물과 관념에서 이미지를 추출하거나 주제의식의 승화를 위해서 부단한 사유의 지향과 지적 자양의 충만을 향한 혜안(慧眼)을 열어두어야 한다.

정다운 시인의 정서나 시적 언어의 묘미, 그리고 주제의 창출은 바로 시와 시인의 생명이며 이것이 시인의 진실임을 항상 염두에 두어야 한다. 이것이 바로 우리 시인들이 일생 동안 탐구해야 할 숙명적 과제이기 때문이다.

시집 출간을 축하한다.

정다운 시집

윙크하는 사과꽃

•

지은이 / 정다운
펴낸이 / 김재엽
펴낸곳 / **한누리미디어**
디자인 / 지선숙

121-840, 서울시 마포구 서교동 395-13 서원빌딩 2층
전화 / (02)379-4514, 379-4519
Fax / (02)379-4516
E-mail/hannury2003@hanmail.net

•

신고번호 / 제300-2006-61호
등록일 / 1993. 11. 4

•

초판발행일 / 2010년 10월 1일

•

ⓒ 2010 정다운 Printed in KOREA

값 8,000원

•

※잘못된 책은 바꿔드립니다.

ISBN 978-89-7969-372-0   03810